POETRY

北 岳 诗 库

孔令剑
— 主编 —

都 是 暂 时 的

YANG XIUQING
WORKS

杨秀清 ——————————— 著

山西出版传媒集团　北岳文艺出版社
BEIYUE LITERATURE & ART PUBLISHING HOUSE

· 太原 ·

图书在版编目（CIP）数据

都是暂时的 / 杨秀清著．—太原 ：北岳文艺出版社，2018.7

（北岳诗库 / 孔令剑主编）

ISBN 978-7-5378-5631-7

Ⅰ．①都… Ⅱ．①杨… Ⅲ．①诗集－中国－当代 Ⅳ．① I227

中国版本图书馆 CIP 数据核字（2018）第 156063 号

书　　名：都是暂时的
著　　者：杨秀清
策　　划：续小强
责任编辑：李建华
书籍设计：张永文
印装监制：巩　璠

出版发行：山西出版传媒集团·北岳文艺出版社
地　　址：山西省太原市并州南路 57 号
邮　　编：030012
电　　话：0351-5628696（发行部）
　　　　　0351-5628688（总编室）
传　　真：0351-5628680
网　　址：http://www.bywy.com
E－mail：bywycbs@163.com
经 销 商：新华书店
印刷装订：山西万佳印业有限公司

开　　本：890mm×1240mm　　1/32
字　　数：139 千字
印　　张：7.125
版　　次：2018 年 7 月第 1 版
印　　次：2021 年 1 月山西第 2 次印刷
书　　号：ISBN 978-7-5378-5631-7
定　　价：39.00 元

策划人语

　　"诗歌出版"是北岳文艺出版社的重要传统。前有"黑皮诗丛",后有"天星诗库",皆为中国当代诗歌杰出诗人之重要出发地。更有"外国名诗珍藏",如今依然为广大诗歌爱好者所珍赏。

　　"北岳诗库"赓续如此光荣传统,其目光聚焦山西诗歌这一繁盛沃土,其旨在于不间断展示山西诗歌创作实绩,更瞩望为山西诗人造一清静小园。

　　"北岳诗库",是我们探求共建共享出版模式的开端。大风吹宇宙,红日照高山。祈愿"北岳诗库",如恒山一般,巍然耸立。

续小强

2018 年 2 月 2 日

目　录

第二辑 伏笔

第三辑　虚设

第一辑　遗失

在十一楼

在十一楼，我倚着矮墙

落日在眼前一点一点坠落

橘色的光沐浴着我

有风吹过　拂起我的长发

耳边有瀑布轰鸣，有山涧缓缓流淌

远处的空旷写着

自然　安宁　岁月静好

有鸽子掠过

衔着幸福放入我的手掌

这是我爱的缘由

可以凝滞的

一寸脚步　半寸时光

十一楼的十四行诗

隔过屋顶就可以触到星星
蓝色的月光照在小女儿熟睡的脸上
外挑的窗户轻纱飘荡，几十米落差的
蟋蟀声打破夜的宁静

这个时候我忽然想到年老
有沉积的血液穿过身体的河床
奔涌着流向岁月的尽头

诗歌是可以暖心的，（不得不这样安慰自己）
柴米油盐才是披着的外衣
黑夜的屋檐下都有吵嘴的恋人和夫妻
伴着星光流泪、和好、偎依、泅渡

在十一楼回首往事，时光可以证明
经过的都有起伏，应心怀感激
未知的都正迎面而来，触手可及

虚构的十一楼

先虚构一缕清风，吹拂发梢和窗帘
阳台上柔软的光线洒下来，咖啡正在升温

不喜欢养狗，却要勾勒一只吉娃娃的模样
身披金色的魅影在茶几上跳跃，在地板上踱步

餐桌上的水仙正在开放，一起盛开的还有
刚刚沐浴的姑娘，正要擦拭长发上滴答的水珠

水滴是要落在睫毛上的，我被平凡和安宁
打动，一只秒针的跳动让我拥有不安

春尽，花残。落叶萧瑟，冰雪无语。
这些词汇都为一场雨坚守秘密

朋友在左，爱人在右，
衣食无忧比较可靠，快乐哀伤总是鲜为人知

十一楼的秋天

在十一楼我隔着窗

听了一天连着一天的雨

我想过里尔克的《秋日》

和诗人们笔下的天空

我找不到一缕流云承载一片阳光的安慰

远处依然一片深绿

金黄和萧条似乎还远

鸽子的哨音急切

我听见风一阵紧似一阵

又忽然恢复平静

银杏书写秋意的扇子

和绿篱低眸致意

似乎是一场斗争过后，原谅了

一个妇人的短见

怀 念

冬天的时候我会怀念

怀念山涧和歌声

怀念鸟啼和蝉鸣

怀念一只蚂蚁怎样

拖着沉重的生活一步一步

走向冬天的蚁穴

怀念和风和细雨

怀念白云和蓝天

怀念一枚叶匆匆绽开的瞬间

带着甜蜜的成长走向秋天

始终无怨无悔

怀念蛰伏和苏醒

怀念爱、轮回以及永远

怀念的间隙

春天的种子

已经悄悄埋下萌芽的伏笔

徘徊

徘徊　徘徊
我的村庄
我血液里一枚永恒的印章

事到如今
我离她越来越远
我的内心越来越窄
有时候　狭小得
只能容下她的名字

任岁月如风穿梭
年复一年　日复一日
这个名字的分量
如同暗夜婴儿的啼哭
只有母亲才能懂得

在春天复活

任谁也无法阻挡记忆死亡或者复活

我写下春天、夏天
村庄和院落
我也写下纯洁和无邪
善良的家人，面目模糊的故人
满身泥巴、眼神清澈的孩子
大平，秀梅，妮儿
曾经日日站在门口等我上学的姑娘
挑着扁担骑车载我前行的少年

他们都是地里栽种的庄稼
一遍遍消逝
又一遍遍在春天的田野
复活

这些让我贪恋

在徘徊，这些让我留恋
差点淹没我的水库
那双拽起我生命的手
校园的晨钟　谯楼的暮鼓
春天赶来在屋檐下筑巢的燕子
夏日晚上夜夜笙歌的虫儿
一轮像玉石一样清冽的明月
一筐像溪流一样绵延的儿歌

在徘徊，这些让我贪恋
我是懂事执着的孩子
我有真诚热心的伙伴
我半生飘零浮沉若梦
我一步一徘徊溯本求源

我还想自吹自擂的是
那些单薄的岁月
爸爸曾经富可敌国
妈妈曾经貌美如花

抵 达

我还是钟情于鹅黄、嫩绿
幽幽的蓝、遥远的褐色
我面对大山的深情
总是禁不住落下泪来
用温度和湿度努力去拔高
一棵小草的高度
替我接近风和自由

我还是羡慕
春天可以在田间迅速漫延
刨一把山韭
就能喂饱一座村庄
我面对乡人的凝重
总能心生敬畏
不由得想起父亲与母亲
泥土一样的爱情

我的心里
或者还有一只燕子带着乡情
南去北归

或者还有一只蝴蝶
带着甜蜜的慌张
羞涩地立于春天脚下
在每一天都渐渐抵达

置身山谷

我置身其中的时候
它们都在各自忙碌
黄灿灿的花儿，在乱石堆上
盛开，笑容可掬
蝴蝶围绕，自顾流盼
热烈地表达爱慕
樱桃和桑椹悄悄地成熟
泥土含情
完成生命的轮回和蜕变
山神栖息的小庙没有香火
幽静如谷底的一泓清泉

这是一个无人打扰的世界
高过膝盖的草丛淹没了
口是心非，唇枪舌剑
它们独立生存又相互依赖
冷静地接纳
日月交替，四季更迭

我突然想起
口袋里车钥匙上垂挂的"泰然"
此时
仿佛唯有它们才能配得上
这两个平静安详的字眼

致母亲

这首诗献给您　母亲
是很久以来我的愿望
童年屋顶上长出的瓦檐草
雨后才要拔节　每次
您已经准备好鲜艳的凤仙花
为我的手指着色

时光簌簌而过
今天已经没有瓦檐草
只有凤仙花在凋零
您目送我出远门
像放飞一只南去北归的燕子

从此以后
我不断做梦
不断苏醒
俗世的风雨曾经重重地
落在我单薄的翅膀上
我大声疾呼　也默默承受
被保留的部分　和您一样
是内心那块坚硬的石头

致父亲

一直以来，我一遍一遍地肯定自己又否定自己
我的内心丢失了强大的根基
像一个刚从襁褓诞出就无可依靠的孩子
我坚硬甚至带刺，我自伤也伤害别人
我不能像父亲一样，活着的时候
一唱三叹，逝去的时候风淡云轻
我猜测自己会在某个清晨
消失在多疑、焦躁和虚无里

昨日和以前的某一日
我清楚地看到和我相似的脸庞
一再闪现，我获得圣经一样的指引
你说：每个孩子都是父亲手里捧着的珍珠
每个女儿都是降落人间的天使

雨天回到村庄

下雨天回到村庄，村庄睡着
草尖儿还没被雨滴打湿，山花隐忍
等待蜜蜂和蝴蝶向它吐露青春
公鸡躲在磨盘底下刨食
小狗在门楼下假寐
修缮的小庙旗帜飘荡，暗诵佛经
一群麻雀在电线上淋雨，神色安详
路边闪过头戴草帽察看墒情的人
多像父亲，当年劳碌的身影

旧 事（一组）

黄 昏

到了黄昏，一切都慢了下来
夕阳西斜，给天边的云彩
和父亲的脸庞抹上暗红

一只麻雀飞上房梁
一只野猫攀上草垛
荷锄而归的人前
鸡欢狗跳

田野休憩，炊烟袅袅
洗去汗渍的母亲
散发雪花膏的味道

像风一样

像风一样在田野飘荡
丢弃车前草扬起小胳膊
唱着歌谣摘青酸枣

庄稼正值壮年
稻草人看上去威武高大
擦着膝盖爬上一条土塄
秋虫沾在我的裤脚

钻进蒿草准备捉迷藏
漫山遍野响起母亲呼唤的
声音，像风一样飘荡

学着父亲

我学着父亲走路
跟在身后，像有一条绳子拴着
父亲走一步就有风吹过
我走一步要小跑

我学着父亲写字和算术
长长的条几上父亲的账本
是父亲清算着命运和生活
我在课本和作业本上
写着年少的很远的理想

长大后我也学着父亲生活
汗水落在地上
摔成花瓣

谈 论

我在谈论父亲的坟墓
一个漂泊了二十多年的孤魂
终于有了歇脚的地方

坟墓是穹顶的，用青砖砌成
顶上画有莲花，墙壁上有书橱、电视
角落里有粮仓和五谷
里面气息潮湿，那么安静
连灯盏发出的光都那么安宁
让人觉得可以好好睡上一觉

花儿姑娘说我谈论这些时是喜悦的
仿佛不曾被悲伤浸泡过

每一片叶子都是祈祷文

——献给姥姥

通往山林的路可能是一条重生之路
正值春天
每一片舒展的叶子都是祈祷文

福音在风中传播
每个灿烂的星夜
小草偷偷拔节
神若隐若现
收回苦难，布施光明

我几乎能看见你挂在树梢的眼睛
茫然，无措，那么沉默
沉默吞噬了寂静
也拯救了一切

凌晨四点的梦

一切都是完美的
村口的老树生于等待，死于等待
土地都松软了
风吹过来雨水的味道
蒲公英和我一样有些害羞
我依偎在父亲的身边
云彩就从脚下升起来

世界是个庞大的谜团
这么多年，父亲只做了一件事
无限期地消失
这么多年，父亲只证明了一件事
死亡就是永远消失

可是他说，自他走后
他就永远缺失了一张返回人间的
证件

都没有了

再回到村子

发现什么都没有了

高大结实的四合院没有了

门前青石雕的磨得锃亮的

石墩儿没有了

镂刻着富贵牡丹登枝喜鹊的

窗没有了

摆在院子中央黝黑的大缸没有了

汪汪狂吠的大黄狗没有了

一甩就在天空划过一串哨音的

马鞭儿没有了

正月十五棚下纸糊的灯笼和

灯谜没有了

盲人说书和社火没有了

不久前

屋前那个壮实的汉子

也没有了

我像个外乡人

如今我像一个外乡人一样回到村庄

不能说地道的家乡话

在这个生我养我的地方

我像掰下的大蒜瓣一样剥离

我脑海里的十六年前或者更远一些时候的痕迹

街头杂耍舞大刀的艺人吹糖人的老大爷

补锅的红色液体傍晚时分卖烧豆腐的好听的吆喝声

人们背扛肩挑的忙碌身影

一切都归于静寂

回忆如同水泥路晒在太阳底下

总是苍白无力

如今我像一个外乡人一样回到村庄

诚惶诚恐

那些一起长大的伙伴们

背负的沉重与脸上的皱纹一样多

他们开怀地在风里露出黝黑的笑容

在他们的目光里

我觉得一下子矮了三分

想起来

每和母亲通完电话，我都觉得心虚

我的父亲母亲
生命中最好的韶光
都奉献给了贫困和饥饿
我多出来的热情和力量
不足以带他们飞

令我害怕的是我家乡的兄弟姐妹
守着瘦弱的土地
不再提到粮食
不再提到收获
那些霸占了阳光和空气的厂房
正闪着前所未有的光芒

每和母亲通完电话，我都觉得心虚
这些年，我跑得太快
因为底气不足，会飘
常常有一脚踩空的感觉

请原谅我的眼泪

想起"妈"这个词就哭一会儿
想起"母亲"这个词就哭一会儿
早晨洗脸的时候就着水龙头哭一会儿
晚上不入梦，在黑暗中哭一会儿

十八岁以后，我学会
不轻易掉眼泪
赴生和赴死是一样的
岁月从未饶过谁

如今，请原谅我的眼泪
比春天的雨还要多
空空荡荡的躯体比柳枝还要软

老 村

雪盖的屋顶，是那种纯洁的白
可以倒映蓝天，天空中掠过鸟群
石片撑起的屋顶，或者可以接受
星星的击打，发出像玉片一样清冽的声音
几只鸡仍旧在清晨醒来，寻找
谷物，完成一天的使命
狗几乎得到恩宠，那个孤独的孩子
始终形影不离。眼神浑浊的老人
讲着历朝历代的故事，不屑一听的
年轻人集体出走，然后又集体回来
他们用石头砌房，用稼禾取暖
用精明和憨厚娶妻，用时光养大孩子
用土地埋葬青春和死亡
他们坐在小小的幸福阳光里
终老

众生相（组诗）

赤脚医生

让赤脚医生医病的人少了
原因是医生忽然多了
科班毕业的
自学成才的
年轻利索的
下猛药　走村串户的
戴上了老花镜、鸭舌帽的赤脚医生
除了偶尔给人打针
偶尔卖几粒药丸
偶尔用带铜盘的杆秤称些大黄、茯苓之外
开始往家里收拾瓶瓶罐罐
少皮没毛乌漆麻黑的石头
有时候还到将要拆除的老房子前
摸一摸门栓　拾几片瓦当
给窗棂拍几张照片
他说
老祖先留下的东西
也得开些猛药了

三　顺

三顺排行老三

三顺是个傻子

三顺没人管没人疼

三顺白天讨吃要饭

三顺半夜逛到几点算几点

三顺一年四季不洗脸不洗澡

三顺一年四季穿同一双露脚趾头的鞋

三顺常年哼哼不说一句话

三顺不知道过去也无法预见未来

三顺不知道会不会这么想

一个苟活的人

为什么来人世一趟

遭人嫌弃　让人可怜

老支书

老支书名叫陈某某

老支书之所以老支书

一是年岁大了

二是支书是过去式了

以前头顶白毛巾　手指肚

蘸着唾沫挨家挨户发报送信

后来开了豆腐坊

兼职发报送信

老支书话越说越少

背越来越佝偻

脚步越来越拖沓

有一天

生命没有被渲染和夸大

悄悄地和落叶一起凋零

老百姓都说

生死有命

富贵在天

老　者

以他站立的地方为圆心

斯巴鲁汽车疾驰过去了

桑塔纳轿车过去了

衣冠楚楚的人绕行过去了

美丽到娇艳的女士还快步跑了几下

戴红领巾的孩子停下来

从口袋里使劲儿地

摸出一毛、五毛

空气里有他含混不清的感谢

这个老者与市场里

终日拉凄冷二胡的老者一样

一定有着灰暗的苦难

才将手里缺口的碗

伸向众人面前

独　白

雨水的第十天，万物萌动
草，有了草的颜色和气味
空气也是。杨树迫不及待地吐蕊
我看到几朵迎春花悄悄绽开
不露声色，像个大人

雨水的第十天，天上飘着羽毛般的雪
（羽毛雪，是另一个女子对雪的爱称）
雪应该下在冬天啊
逗留，不肯轻易离别
我姑且认为它偶尔也落在春天

这个时候想：雪花也是花
唯有盛开，才能完成
只是乍暖还寒时
谁会坦言真爱春天？

乱我心者

别把阳光、水分
和细小琐碎的事情搅在一起
春天拒绝浑浊

别找一些词语来搪塞
桃花雪　倒春寒
寒冷即将过去
温暖已经来临

我正在绝望同时又在希望
我正站在岭上
等远处飘起清风和牧歌

乱我心者
惊蛰，清明，那只不知疲倦
昼夜歌唱的鸟儿
和可以吟诵的一首首诗歌

迎春花

似乎最早受惠于天地
于是最早怒放于人间

太阳的温暖是一次旅程
之后，春天远游归来
附着在一朵小小的花瓣上
明亮　让冰雪融化
一只又一只鸟掠过头顶的蓝天
土壤松动　人群熙攘
那小小的花朵
立刻有了声音、颜色、温度
和理想

麦子的歌唱

这五月的盛事
金黄的麦芒笔直地刺亮整个天空
酷烈的分娩
让河流与山脉黯然失色

单单是一只麦子，战士一样
高高擎着刀剑的锋芒
匍匐下沉甸甸的分量
那么多麦子，倒下时訇然巨响
高贵的头颅永远朝向
梦开始的地方

蝴蝶和镰刀飞舞
麦子和汗水歌唱
独一无二的季节
谁都拥有幸福的资格

立 春

我看见湖水荡漾，水妖立于岸边
你身着大红的袍飞奔而来
扑向蔚蓝，碧绿，我在你的气息
女神一样的气息中倾倒
我脸上的皱纹，额上深刻的皱纹
颊上的雀斑都长满郁郁葱葱的触角
伸向温暖的金色的光芒，唇角的吻痕
被风掠过，跳跃，多情。
什么都没有发生，又什么都发生了
我偏居一隅，又立于旷野
疾呼，呐喊

农夫要敲醒犁铧
牧人要甩响皮鞭
那些永恒的恋人以至于无法
等到梦儿醒来

你不亏欠什么了
爱与仇恨都将一一复活

雨 水

草木萌动。天空是害喜的新娘，偶尔落泪
太阳抬至眉间，懒散又明亮
身边的女子仙子一样
绿衫、红裙儿，蛮腰、翘臀显现出来
河水多情，向天空和雁群致意
一个从南方带来的好消息瞬间传播
垂柳最先露出鹅黄，风姿绰约
昆虫要苏醒了，你争我斗，弱肉强食的命运
重复上演，攻陷的城池要加紧修复
重新安排

诸神归位，可以闭目养神
乍暖还寒后
爱和抒情即将泛滥

惊 蛰

复活。有节制的。
犀牛奔跑，冬天已是逃兵
羞涩的河床将被雨水填满
什么都还未呈现
已有什么轻轻噬咬心脏

此刻，黄昏。
适宜在酒巷闻一闻捂了一个冬天的酒香
满树的叶子都要蓬勃了
和花开的命运一起
"蠢蠢欲动"，多么经不起推敲

该来的总会来的
我不能辜负北方这深邃的春光
只做一名匆匆的过客
流浪和歌唱，应该是不必更改的颜色

谷 雨

土壤松动
种子启程

声势浩大的演唱会拉开序幕
蓝调、民谣、爵士、摇滚
都可以向天空证明
活着　独有的分量

雨生百谷
雨生万物
万物怀抱的贪婪、罪恶
假以时日　都被拥挤的春潮接管

明媚洁净的女子
始终该有一颗种下去
就能长成春天的心

立 秋

还没说，就到了秋天
秋天在静候

与你我的等待一样
没说出来已经完成

夕阳照在镂花窗棂的样子
很温柔，像一只猫的温柔

天空忽然变得很远
让我差一点忘了我就栖息在你的怀抱

坐在湖边的我在移动，几近消失
旧时光一下子浮现

秋叶飘零，倦鸟归巢
我不必勇敢也不必浪漫

唯一可做的，似乎是
我要告诉你我奢华的样子

白　露

林间散步的人越来越少
和楼前盛开的菊花相比
是凋敝和显赫
我害怕冷空气的入侵
让呼吸变得沉重
一长一短地像拽着一个飘浮的命运

原谅我已近中年
还未解惑
还怀疑、叩问、挣扎、迷信
还不相信有穿堂风正经身体而过
还不相信事实上的
悲秋岁晚，白露成霜

冬至——以茶之名

三个人以及几杯茶
就是一个下午
目光可以短浅一些
从冬天的寒冷和对雪花的
想象中收回一些
花儿姑娘的"相互照亮"
磨粉先生的"自觉意识"
我倒茶时微微发颤的手
以及角落里静默的植物
和稍纵即逝的光
本质上都是孤独的
以茶之名，有爱和宽容
哪管它白昼和黑夜
彼此消磨

端午节的下午

端午节的下午，忘却了粽子和抒情
喜酒的人是内心干净轻盈的人
他们谈论不值一提的诗歌，原来
高山仰止的是生活，让人怀疑的也是生活
每个日子都看似普通
时光深处，都有起伏
我知道的比我懂得的多
你若说树叶，我就要提到风
你若说千帆过尽，我不必说凡事忍耐
你若说屈原投江，我不会借《离骚》用来歌颂
你若说喜欢，我便说欢愉
我希望所有的一切都终结于爱
与美与理想

春天里

放倒愿望
在泥土里腐败又滋长

我无意再做迎春的笛声
（那么多人都在唐诗宋词里附和）
绝尘的马蹄越过我的身旁
惊扰谁的美梦，已经与我无关
我宽大的衣袖里，最后
藏起一笺冬天写的情书
和几寸渐行渐远的时光

从此以后，我只做
亲人口里念叨的名字
孩子永远的庇护
悲喜生活的见证
允许自己偶尔像草一样苟活
也允许自己偶尔"活成一首好诗"

清明节

清明，是一座落满雨水的城
神都走向祭坛
祖先都涌向家庙
擦肩而过的人们都是亲人
都在活着的时候预知死亡
都殊途同归走向彼岸

冬天的几个细节

无雪之冬

不下雪的冬天
怎么能算真正的冬天呢
天空徒劳地搅动着
自己的心思
构建宏大的题材
却流不出一滴眼泪

幸　福

崭新的六个棱角的水泥砖
花儿一样盛开
昨日的小假山和喷泉
被杂乱的土善意地掩埋
一个孩子跑过
一个孩子跳过
一个孩子驻足
一个孩子吮着手指猜测
谁偷走了我的幸福

城 堡

我的孩子
对我出手了
唇枪舌剑
重拳一样打在西北风里
不想
回击的力量那么猛烈
一下子击碎了
筑在心里的城堡

承 担

松树的肩膀上扛着
不分轻重的冰与雪
微微下坠的姿态
让我想到使命与承担
让我面红耳赤地想起
可以托付终身的那个人

流 浪

风在欺负衣着单薄的
流浪的人
他们嘴里哈着白气
大声笑着
脚趾探出头来四下张望

一定是在笑话我

这个衣着严实

还一脸苛责的人

赵良村

深入山谷的底部，再往纵深处
你才能找到赵良
即便这样它也有一颗小小的心脏
它的鸡舍、牛棚、炊烟、蜂箱
仅有的十口人，列星安陈
一个疯子，光着脚常年坐在村口的槐树下
眺望，自语，不自主地喜悲
那些坍塌的房梁上大都刻着
乾隆、道光的字迹
一只猫闻过百年前的墨香
和陈旧的气息
燕子飞走了就不再飞回
留下的看不出焦虑也看不出悲伤
继续筑巢盼望春天
赵良年年还有不错的消息

砥洎城

如果不是因为墙头的几棵枯草
还深深扎根在浅土之中
迎风颤栗
我都以为砥洎城死了

如果不是因为覆盖冰雪的河水中
还能有白鹤自顾怜爱
飞翔舞蹈
我都以为砥洎城死了

如果不是因为奔跑而来的两抹红色
嗒嗒的脚步声
敲响窄小的巷子
我都以为砥洎城死了

如果不是因为大婶抛开方言
对这三个字准确的发音
如果不是因为一帮傻子
敏锐的眼睛和心
砥洎城就死了

公交车上

公交车上设有老弱孕残座位

被几个身上沾满泥浆的农民工占据

他们趁着这个空隙假寐

粗糙皲裂的手背和一股刺鼻腐朽的气味

是生活燃烧之后的灰烬

头盔上的裂口仿佛一张嘴就会带来耻辱

众人掩住了口鼻

我顺手推开了窗户

遗 失

走近的时候，我才可以确定
春天从松软的土地溢出
浑身的毛孔都在张开
雨水就要降临了
落在刚刚而至的我的怀里

我需要把目光
从仰视的天空抽回
急切的心情也要按捺下来
生疏的拥抱和眼泪
被风送至田野和泥土

请原谅我的羞愧和不安
在这里，我遗失过纯真，回忆，爱
和一切的美

第二辑　伏笔

在洞头（三首）

慧源山庄

我单单记住它

蝉声若隐若现
蛙鸣不绝于耳
如果在月色或者雨中散步
必然会有不同
你不必揣测
水中的涟漪为何聚拢又散去
鱼儿怎样露出水面偷偷叹息
一群人的理想和酒杯哪个盛得更满

那么多可以代表夏天的词句
只用两个就够了
——波澜壮阔，弥足安慰

每个黑夜

每个黑夜都是幸福的深渊
那些点灯的人

那些扑火的人
那些脆弱又坚定的内心
都倚着一棵向上的树

远处"山虚水深，万籁萧萧"
近处照见灵魂
我注定是个天真又疯狂的
孩子

寂　静

一只两只萤火虫儿飞过，带着微弱的光
有火车偶尔呼啸
池塘里的睡莲一朵两朵三朵
慢慢开放
沉入水底的影子
被游鱼映衬和关照
远山处于虚幻
涨潮的时候露水闪耀

寻常的故事
和埋在泥土里的理想
被风包围

每个人发出的声音
都觉得快要消失了
却又轻轻地落在头顶上

倒 叙

在我来说
有被看穿的危险

在缓缓流淌的河水面前
我急功近利甚至肤浅

我羞于向小草献出青睐
我羞于向生活献出勇敢

一滴雨只对低垂的天幕亲近
我对诗歌一再说爱

向一株默不作声的大树致敬
应该索性低到尘埃

七段锦

我相信直觉
大于相信眼睛

身体如果失重
就乘月光飞行

天空还容得下一颗星的闪耀
我的身体还那么空旷

你说爱的时候
孤独是一种解药

你靠近我的身体，我就听到了心跳
我还没写到爱，就抵达了爱情

你重启流浪
试图预见一切可能

若干年后
我与万物相遇
不再遇见你

一 天

有些人嚎啕　有些人暗哑
有些人不动声色暗藏杀机

太阳收起锋芒
月光替夜莺歌唱

没有路灯的胡同流风穿梭
摇摆的车灯含混而过

谁正在说起无足轻重的爱情
谁还在谈论中毒的食物和空虚的胃口

母亲早早歇了灯盏
挂着泪痕的婴儿睡梦中那么安详

黑夜终究是黑色的
合欢花长了凝视黑夜的眼睛

疯狂的一天终于落幕
我在等着英雄归来

担 心

朋友在担心一株葡萄树久久不发芽

或者死于冬天的冰冻和雪

或者死于焦虑和干旱

我在担心困窘的蚂蚁

搬不动一只硕大的米粒

身体无法承受重量

心灵无法承受创伤

其实触角还可以伸得长一些

我的孩子们不够八小时睡眠

疲惫的人仍在高速和航线往返

亲人在生活的泥沼中呼吸

注定永无似锦前程的未来

连生活都变得冷酷和绝望

怎么敢奢侈地做梦和发呆

我还要做些别的事情

我还要做些别的事情
在每个清早来临的时候
听听每一朵花的喜悦和悲伤
在每个黄昏落日下沉的时候
叮嘱一群黑喜鹊善待一只灰喜鹊
让它朝有晨曲，晚有睡眠
另外要把你当作我的习惯
用来聆听、想念、相信、拥抱
并时时铭记一些承诺和誓言
在没有墓碑的年代
我要晚死在你之后
让你体面地离开

多么危险

在黑夜里听见猫头鹰的叫声
寂静如星星，星星隐没光明
在平静中蕴藏风暴，允许
黎明缓慢来临
在每个尽头收拾遗失的山河
牵过的手，一只是前世，一只是今生

多么危险，"在虚无与忧愁之间，我选择忧愁"
在荒凉的所在，我选择不爱自己和自由

夜幕低垂

我们经历的每个黑夜
似乎都极其相似
每个人都在寻求安慰
某个怀抱或某张温床
也有人藏匿在夜幕之下
扼住自己的咽喉
耗尽无辜又激烈的悲伤

夜幕低垂
除了写下几行柔弱的诗歌
你无法救赎什么
也无力宽恕什么

十四行

逃逸的星星返回夜空
背弃的生灵重返大陆
苦难的诗歌再写光明

歌唱者，传播火种者
背负十字架的人
从来没有消失过

太阳不曾照耀的部分，充满
复仇的快意
大地的伤痕由四季平复

你应记得
一直未收获的土地
一直自我戕害的生命
和一无所有的旷野上
孤独的牧歌

落日之下

非得在接近黑暗时
才全部绽放，拼尽全力
独飞的大雁和成群的候鸟
都是广袤背景下轻盈的休止符
像飞蛾扑火的决绝者
想要寻找一种姿态
能够替代飞翔

你期待我归来
携带金币和桂冠
我离经叛道多年
只剩下满目疲惫
和从未说出的爱

描　述

描述一段时光
平铺直叙
从一个街头到另一个街头
从一段回忆到另一段回忆
从左手到右手
从坚硬到妥协
愿望越来越多
担忧越来越多

"能给乌鸦爱情的是天籁"
能给我幸福的是渐缩渐短的时光
和每一寸时光里的每一个贴心稳妥

一个人

——悼杨凤楼老师

一个人的纸小篮盛着花朵、蝴蝶
在夏日的七佛山上起舞和坠落

一个人的故乡充满香椿树浓郁的气息
平静安宁，水姑姑随时亲吻额头

一个人的果园种植苹果杏子，招来
百灵鸟的啼唱，埋下诗歌蓝色的火焰

一个人的窑非官窑民窑，烧制
一个诗人的土坯和朴素卑微的浪漫

一个人的孤独是诗人的孤独
一个人的沉默是所有人的沉默

一个人的离去是永远的离去，留下
诗歌和灵魂在生长希望和悲痛的大地

纯蓝墨水和哨音都要流淌
修复岁月　一个需要蹲下米的人间

如果恰遇下雨天就掬住心跳
守成一只灯盏

每个夜晚都一样普通

夜晚会起风，潮热会褪去一些
湖水泛起涟漪
人们都不大声说话
和湖心的月亮一样
我没有看见白鸽和翅膀
无法描述飞翔

我想喊出一个词来
在胸腔滚动，在咽喉颤栗
——在嘴唇消失

每个夜晚都一样普通
遥远的灯火直指人心
爱，令我沉默

我从不曾信任你

我从不曾信任你
在每个黑夜将要穿破喧嚣的时刻
我隐蔽，敞开，放任
惴惴不安，又归于平静
星群簇拥，哪道光曾经照亮我的黑暗

生或者死，都不必深究
站或者跪，关乎气节和名声

我从不曾信任你
是因为
我自己未曾肯定的那部分
一直攥在你的手心

倾 诉

我已经没有倾诉的欲望
缄口不言或者沉默寡言

我远离谄媚与世俗
我的内心有强劲的箭

我不与世界为敌
我想更进一步地亲近和拥抱

我与万物都亲如姐妹
我的内心比外表更羸弱

因此，别人说的痛
都会轻易地疼在我的身上

之前的，都是缺失的

春天已经来临
之前的，都是缺失的
那些没有证明和把握的
那些没有说出和践行的
俯首即拾的美好
永远结束的故事

你力气太小
无法触碰大地的忧伤
你得相信
春风的势头将会压倒一切

火　车

我一直想到火车
绿皮的火车，不断提速的火车
鸣汽笛的火车
火车上载一群各自奔命的人们
火车穿透夜幕，无人还原生活

天且高，地且厚
万物因爱而生
今夜想到火车，是因为
火车上载着一个让我独自悲伤的灵魂
她让我不断喊出——
迷失，迷失，迷失……

茶 约

茶水由浓而淡
窗外的时光由明至暗
内心从容安稳又慌张忙乱
即便如此，我还是无法说出一切

可遇的，可求的都静默无言
我们如同两个背离了一切的人
没有夸大悲伤
也没有缩小喜悦

我们没有握手和拥抱
也忘了互祝幸福平安
这里没有生活的纹理
只剩下时间
在那长长的道路上
我们互为故乡
互相企盼

情人节断章

1

今日情人节，屋外寒风凛冽
我的右胳膊有些疼痛
坐在温暖的地板上
读了些古老的情书
纸墨都少用的年代
我坐以待毙

2

我还是喜爱细微的部分
指尖烟火的明灭
呼吸的温度
你偶尔的沉默
我心里暗暗的潮汐

3

我愿意死去一次
再复活一次

把情话讲成诗歌
倔强得骨头都要砸开

4

你和我，是这个世界的一部分
爱，是生命的一部分
这都是我变得更加忧伤的一部分

不能把它称之为美

四月裂帛，五月夹衣
不能把暮春误认为盛夏
春盛的时候草木也葱茏

不能把水误认为纯洁
纯洁的是未经污染的
婴儿一样的心和笑容

不能把他乡误认为故乡
他乡也有日出和黄昏
黄昏里也有一只归巢的倦鸟

不能把遇见一个人误认为
遇见了一个灵魂，肉体之外
灵魂有七宗罪，二十一克重量

写诗的人笔下，谈起过黑暗
也隐藏过美

最后一天

最后一天的后面
紧跟着另外一天
是将被太阳染红的一天
我被春天召唤
被叫醒
在岁月的藤蔓上漫延
花苞和香气仿佛指日可待

我坐在地板上，呼吸有些急促
极目之处，是稍纵即逝的光影
是深深压下去的天空

在时间面前

胸中的块垒终究还是块垒
在时间面前，体积在慢慢缩小
能通过胃消化，最终到达血管
或者神经末梢，无法预测

棕榈树，宫粉梅或紫叶樱
都是新鲜的名称，在这些名字之后
我暂时忘却了自己的名字

我只是喜欢新鲜胜过腐朽
喜欢飞升胜过坠落
站在二〇一七春天的缤纷里
我也喜欢初相遇的旧时候

无 题

星星都在陨落，百合花终于盛开
黑夜里蕴藏着无数的宝藏
静止的时间，移动的时间
梦魇、哭泣和春天来临后草木的生长
有些人是隐在暗处的
唯有如此，才能呼吸
才能在黑夜的琴弦上完成一曲弹唱
而此时，我终于可以忠于自己
在一片寂静当中

无 题

我落在冬天的树叶，乘风飞翔
和今夜的流星一起散落

在光芒的尽头，骨头发出声响
我渴望新生，也渴望死亡

雪花是最后的告别
华丽、轻盈，与它相反的是我的眼泪

跨越千山万水的距离与左手右手的距离一样
只要渴望，就可企及

沙丘无形移动，我被自己的欲望惊醒
像一柄利刃插入夜的心脏

无 题

我从来都不肯臣服于琐碎的故事
我无法听从任何人的劝告
我以悲剧为美。事实上，
这个世界是悲剧的。不是伍尔夫的悲剧
也不是卡夫卡的悲剧
他们的悲剧都是天才的悲剧
一只小小的蚂蚁无法呼吸才是众生的悲剧

我现在想俯下身来生活
我想听一听欢愉和快乐
就像这样，我们在一起坐着
如两颗在天际同时划过的流星

我看见的一切，雪

—— 兼致情人节

雪花没有呼吸
似乎也没有脚步
它只是穷尽一切坠落，飘洒
落入人间，成为我
想要的样子

天地苍茫，鸟雀遁入空门
夸大美或者缩小丑陋
都彼此接受
密不透风的想念
也可以幻化成羽状

雪落无声，形迹可寻
我想与她亲吻
与她唇齿相依，互为命运
她消逝的时候，我等待复活

生日抒情

今日恰逢雨水，草木逢春
期待会更深一些
想起昨日屋顶上啼鸣嬉戏的一对喜鹊
让时光和我变得有些温柔

母亲来电询问一些琐事
孩子快活地说出一些心事
至亲的人放置宇宙也是偶然事件
我相信宿命的安排

我不爱这个尘世
我不爱任何人也不爱自己
无视整个春天
会让出生的意义变得更加可疑

种子发芽，春风掠过整个原野
深藏在每个人中的故事破土而出
原谅我羞于拥抱，也羞于说出感谢

再致黄昏

我忽然不害怕消逝
不害怕触不可及
不害怕眼睛里藏起来的颓废
失败、禁忌
所有的一切都在照耀中
渐渐平复
一阵风起，一阵风落

我说出迷恋，是因为
我在炽烈中获得满足
内心的虚和空被填满
在迎面的山坡上
青草依依，你捡拾起
一枚叶子，投向夜的深处
投向，下一个黎明

致

柳树也许一夜之间变得温柔
时间是个入口
你无法得知一场春雨
孕育过多少花朵的梦
争相开放的，也有黯然凋零的
雷霆和闪电也是
必然在不久后的某个夜晚突然来临
又在某个黎明突然消逝
之于你，之于我
不过是在人生的某个瞬间
恰好看了一场只有一个主角的电影

致

春天来临，你我尚未获得恩准
在蓝天的宽宥下，拥有成为一朵云的自由
我渴望允许仰视
允许轻轻吐纳几个字
允许在黑夜的枝蔓上结出盛大的果实
允许牵你纤细的手，凝视你
深邃的眼眸，靠近你多情而又坚强的
灵魂，而你
只一个吻，就能轻易毁灭我

2013，首唱

零点的时候鞭炮响起
孔明灯在海上放飞
诺亚方舟启航
此刻我想到的最好的祝愿是
安好，晴天

时间不着痕迹
一瞬间觉得年华老去
一瞬间仿佛已经重生

冬天藏起锋芒
飞鸟展开臂膀
自由狂奔
灵魂投降

2013，最后一首

2013 即将结束的这天
我想到漂泊
从一列火车到另一列火车
从一个季节到另一个季节
从一个天空到另一个天空
和漂泊相关联的词是不定
不定，让人慌张

这些无根的词汇
都应该归结于岁月
一个到达终点
另一个也要随即到达

致

亲爱的，我偶尔会看到
阳光下角落里自己的阴影
落在你的围脖上坤包上，面目全非
我偶尔会觉得，爱比餐桌上的红酒
浓艳，比茶水清澈
我偶尔不知深浅，预测幸福和快乐
超过远虑和近忧，有时候会情不自禁
在包裹的快乐里，多出二两骄傲的骨头

无 题

你一定不相信一片雪花的重量
落在手心，就会漫延
就会融进眼睛
眼睛里会流出滚烫的泪水
眼泪不会结冰，会荡漾

这显得虚无又悲观
除非你抱紧了对天空和大地
清晰的忧伤

事实上是
这些天把大悲大喜都遭遇过了
我像个发烧的病人
连雪落下来都无法存放

失 眠

　　黑暗中的光线锐利，长满钩刺

　　水滴的声音无限放大，耳朵空洞

　　我知道你藏匿在窗帘后面（也可能不是）

　　冷笑，面目狰狞

　　我知道你禁锢着我的身体

　　身体飘浮在空中（没有着落）

　　我双手那么用力

　　无人拿出双手伸向我

　　我随时被吸入巨大的黑洞

　　旋转，飘移，然后消失

　　而消失暂时是无法实现的

大抵如此

大抵如此。萤火虫发出的微光
在瞬间冲破过黑暗
那些纯洁的美，悄悄散布

大抵如此。我先从野菊花的
花蕾里嗅出秋天的味道
秋天偏向成熟，成熟偏于苦涩

枝叶凋敝，我率先流泪、气喘
万物从容，诞出种子
追随者蜂拥而来

我受你蛊惑，怀抱一生的清白
把收成献给黑夜

黑　夜

只有黑夜才更黑

窥见伤口上长出鲜花
听见呓语，身体要滑进深渊
城堡上有游离的人类
和群居的蝙蝠
战斗从未停歇

月光照亮的部分
睡眠安详
有人成为新宠，有人沦为旧爱

黑夜里，不缺乏孤独的人

在黑夜里打捞星辰闪烁剩下的光芒
觉得这微小的光和我相衬
天空那么大，而我这么小
彼岸那么远，抵达那么久

窗外有汽车的鸣笛声和说话声
他们都是夜归人，穿着妖艳的黑斗篷
隔壁传来孩子嬉戏的笑声
天真烂漫地发生，毫无防备地停止

在诗歌中寻找和隐遁的朋友
将要面对的是最后一个冬夜
在春天的呼声里消逝
风一吹，一生宛如虚构

在阳台上远眺

在阳台上远眺
我忽然间觉得
居高楼与思安危与求安稳与无远虑
没有丝毫瓜葛
楼下车流拥挤，置身文明
亦是困兽
生活赐予什么，就接受什么
亦是随波逐流

火车的汽笛声穿梭而过
我的天使正在归来的路上
救赎我的黎明
即将诞生

偶 得

今天下午，适合饮酒
燥气已退，绿色更加鲜明
她用我从未见过的夕阳引诱我
做一只黄昏的倦鸟，是我目前的小心思
小心思不用大气魄
我抬眼看了一下百威，又看了一下
黄酒，咽下一口唾沫
作罢，作罢

谈 论

不知道说什么好的时候
可以谈论一下天气
它几乎要成为真理
其实也可以谈论一下
昨日午后的爆炸
生命只有一次
意外随时来临

不在其中的人不妨谈股市
和爱
越过高山坠入深渊
海洋平静，容得下细碎的微尘
内心的风暴才是风暴
语言是障碍

这是一个和你相等的晨曦

布下一只网，不设机关
这是一个大胆的念头
网下的谷粒都被鸟雀啄食
它们左顾右盼，小心翼翼

我依偎在自己的怀抱
不耻做梦，从未远离
你听从内心，还是身体？

天空那么清澈
我沉湎于橘色的阳光中
觉得完整
觉得这是一个和你相等的晨曦

此 时

听《风居住的街道》
琴键一声一声
敲击在听曲人的心上
街道尽头有一个无法回头的人
《张三的歌》里唱到
"我们要飞到那遥远地方，看一看"
忽然就再现一个场景
一个因停水困于家里的人
蓬头垢面，目光凝滞
心中空怀万苦悲愁

天黑之后

天黑之后，灯火尚未点亮
我变得异常清醒
这个世界上我牵挂的人
坦荡有序地活着
远非我这样慌乱、盲目

月亮从楼群中跳出
俯视人间，它照耀人世的幸福
也照耀疼痛
我在冬天的废墟中活着
渴望在春天，在靠近岸的地方
被泅渡

未完成的诗

在清晨聆听你的黄昏
广袤的天空，凌空的鸟儿
怎样张开翅膀，向着太阳飞翔
在黑暗里隐去的光明
在我生活的城市重现
拥抱将是守候
是永未完成的诗

悲怆的冬天，阳光多难能可贵
跃跃欲试的情欲
正充满了金色的黎明
在付诸生活之时
在付出生命之时
谁都不要喊出爱情

悲观主义（一）

我的担心可能是多余的
别的树木都葱茏的时候
合欢树才刚刚长出娇嫩的叶片
树叶摇晃，风还未吹向我

慌张的楼群越长越高
阳光勉强挤进来，缝隙是碎片
眼光也要拔高，才会
窥见群山和远黛

闭目养神，听书饮茶
夏天来意已决，鸟类巢穴隐没
人类醒着，无法入眠

悲观主义（二）

植物寂静，神圣之日种下的种子
一百六十多日的游离、伸展
在手心上得到洗礼和肯定
我读它像读圣徒手里的《圣经》

植物寂静，它在茶台上和我一起听摇滚
那些不死的精神多么伟大
"我不知道我们现在去哪里
我们都在遇见一个很像的人"

空山新雨，植物寂静
你看它悄悄被我注视
就能借目光说出剖离和阵痛

悲观主义（三）

屋顶在三米高的地方
屋外恰好有满月，月光照着窗棂

把花和果实回忆和揣摩一遍
大致可以假想
离开土地的一切，包括呻吟
都变得模糊和虚假

你要热爱坚强的黑暗
还是虚弱的光明？
世界原本的样子无法复原
我们和一切随时都保持着高度的警惕

悲观主义（四）

你应该坦言，北风和淫雨
穿透大衣，浸入骨头的冷很彻底
在太原落雨的大街上
陌生人云集，银杏叶坠满一地

爱上拥抱，爱上街灯的倒影
爱急促的表达，爱脚踝的温度
你深陷其中
才知道空洞和沉溺的对峙永无止境

跳出语言和纸张之外
你爱上的一切都不值得一提

悲观主义（五）

——给自己的情书

若有拥抱，就只留下今天
留下让天空失意的清晨
留下自己通俗的名字
留下母亲背负的苦难

让一颗种子结出果实
让春天的气息与你相认
让不安的指尖和诗行归于命运
让欣喜和孤独
仅有同类可见

磨粉说

磨粉说话的时候不知道看不看着人
磨粉说：二嫂人家比我辛苦
　　打工、做饭、做家务一样不拉
磨粉提高声音说：二嫂说两句壶关话听听？
接着又说：小渣儿给翻个跟头
磨粉说这些的时候墨镜后透出
大大的欢喜和狡黠

磨粉说：白菜再有一个星期就能长高一拃
　　玉米再不来吃就老了
磨粉说：老宅子里的书还有很多，大书柜上放不下
　　上午睡觉，中午喝酒，晚上读书，间或工作劳动一下
磨粉说这些的时候羞涩得像地里的
一块黑漆漆的石头

磨粉说他宝玉心磨粉命除了向往没有怕
我们都没办法借磨粉的口说出幸福和富有

非虚构

这并非虚构，气温稍稍降了下来
树木依然纹丝不动
从谈话中醒来后，大海上
灯塔亮起，我爱上太平洋一样
辽阔的忧伤
极左可以成为极右
躯体有时大于灵魂
多情是个软肋

身体里骨骼的部分
响的部分，疼痛的部分
这所有的一切，来自这个下午
玻璃与玻璃间轻轻地断裂

即 景

夜色正好，31 号楼一片死寂
警戒线之外流水潺潺
蛙声聒噪。贪婪是一宗罪
享乐是一宗罪
漠视和懒惰也是
恐惧的人们都在躲避灾难
从没想过要拒绝诱惑

大地沉默，植物在丛林间私语
天空留有几颗星星
最后的光，悬于高处

二三事

1

风向南吹
正好落在唇上

生于美，死于美
这是忧郁之风

2

抬头可见被脚手架托起的高楼
去年的远山望不见了
一只流浪猫在雨中发抖

我的善良藏在
空白的纸张背后

3

清晨起，鞭炮声不绝于耳
人家把一切都又托付给了神灵
拜一拜也好，双手合十
心里会空一点

罪过会轻一点

4

失衡，就是希望从不倾向于贫困的人
需要救助的人，内心绝望的人

那些仰望天空的人
已经无法用爱来缝补呼吸吗？

5

"既然是事实
也就不必非谈不可"

另一个我，不是卒于灾难
是死于琐碎

一无所获的下午

咖啡馆里已经没有位子
聚集在一起的人们在做什么
和安娜的爱情没有任何关系
走在大街上，春风已经很劲
街边高大的树木还未发芽
我已经抬头看了几次

穿过一条陋巷
循环了一首歌曲
吃掉了一个苹果
掸去了裤子上的灰尘
安娜离开莫斯科去意大利
好像都不应该是今天下午要发生的事

坐等雨水降临，迎春花和白玉兰先声夺人
在春天的时候情欲和植物疯狂
好像也不需要特别担心

秋风辞

星星闪烁，笼在月光里
距离夜凉如水还差几场雨
秋天的样子和味道都有了
落叶随风凋零
九月菊某个清晨在楼下乍现

走路久了，双脚会麻木
隔着《夜空中最亮的星》
我想起一些事物
它们争夺过在内心的位置
暗疾成殇

人间尚有大悲欢
寂静和辽阔趁月色正好
流泻千里
寺院里寄居的侏儒挥起扫帚
刷——刷——
舞动的不是别处的秋风

秋思落尽

阴雨的八月十五，每个人
心里也会升起一轮明月
某一刻会在月亮上游荡
美不自知
更多的时候，会抬头看一看天空
有人在爱啊，爱也不自知
清辉一泻千里

阴晴、圆缺、柳梢头
楼宇间，瞬间写满的情思
溢出斑驳的内心
我在生活的背面，写下一纸信笺
明月尚未高悬
秋思已然落尽

那些都是真的

"世界上最珍贵的东西是看不见的"
就像内心的柔软，血液一般殷红流淌
就像小王子的星球和玫瑰，神奇的落日
就像珍藏的隐秘的星星一定在某一片天空闪耀
就像每个人内心的空洞一定要用爱和希望守候
你流下温暖的眼泪，靠在我的肩头轻轻哽咽
哦，亲爱的孩子，这个世界你要长久注视
你抚摸过的，有温度的，轻轻碰触你心坎的
你的明媚和忧伤——那都是真的

灵魂总在夜间出没

灵魂总在夜间出没
无字书在天际展开
星辰和月亮收起光芒

我忽然懂得毗邻的你
几乎是我的敌人
引我灵魂出窍，二十一克刚刚好的分量
在一条不归路上
黑和白针锋相对，唇齿相依

一切都可以化作锋芒毕露的元音和辅音
行云流水的是诗歌
缓缓呈现的叫孤独

再一次写火车

坐在阳台上喝茶
就可以看到火车来来去去
火车有时候拖着绿车厢
有时候拖着黑车皮
火车上载着什么货物什么人
几乎和我无关
就像我喝生茶熟茶或者绿茶
也与它无关一样

我有一个关于远方的话题
似乎和火车有些关联
阳光刚刚照着我额前的几缕白头发
火车已从眼前穿过
隐进更深的绿中，不知所踪

听《敲响天堂之门》有感

黑色的乐队唱着光明之歌
天堂之门一步之遥，无人唾手可得
刽子手放下屠刀，枪里不预留子弹
把界碑还给疆域，把眼睛投向星空
把田地还给农夫，把屋顶还给白云
把丈夫还给妻子，把孩子还给母亲
爱如天堂
快敲快敲……快敲
你将破门而入

即 景

远山是有曲线的

藏着流水和露珠

火车的汽笛声拉响

有人向远方有人在归途

我的铜钱草向着太阳生长

大如华盖，长势不可预测

楼下的石榴花开了，正逢它的花期

连蜜蜂和蝴蝶也会羡慕

红王子锦带花，多好听的名字

像着红袍的良人，正在等着迎娶他的嫁娘

我做了一晚上不知所踪的梦

在清晨被鸟鸣和吻唤醒

短 诗（四首）

独 行

"我只是过客，我不是归人"

殊途同归的命运

宛如黑夜同时降临

一个独行的人，遇见云海

遇见展翅的鹰，遇见熟睡的 Baby

都仿佛在遇见自己

黄 昏

总有无法描摹的色彩

是白天的绽放，是对黑夜的爱情

河流的歌声渐渐低沉

归鸟唱晚，是一天结束时的

宣言，飞翔是旧梦

也是新欢

大雨将至

最下面是层云

积云里悬浮着小水珠
再往上飘荡的是卷云
阳光从窄窄的缝隙间漏下来

我无端期待一场大雨
大雨下有被抚慰的孩子
有彼此认领的人群

记　梦

风在水面上漂浮
蜉蝣在水面上漂浮
我的鞋子停泊在岸边
变成船，在水面上漂浮
一个无名的诗人带着她的爱情
也在水面上漂浮

我想要的不是这些

一条路重复走下去，可以遇见什么？
恰好你也在这里，是个臆断
一双眼睛似乎可以洞悉一切

我想要的不是这些
我想要一滴眼泪坠入大海深处
这样的沉默难能可贵

一只松鼠和四角蛇狭路相逢
捕获或者放逐，瞬间的犹豫
是可见的温柔

早　晨

布谷鸟清澈透明的叫声
在树荫下斑驳的阳光间流淌
一泻千里的梦，是这样的早晨里
最明亮的回忆

买菜的老人、遛狗的女子
和清理垃圾桶的工人
都有平静的表情
与树叶和风轻轻地抚慰一样

我走在路上，脚步慢下来
觉得世间万物有写不出的充盈和美好
突然想到，一个人满怀的爱情和愤怒
竟如此平庸

致卡蜜儿

爱情是个灾难
绿泥、石膏、大理石和鲜血都不是

一个人为另一个坠入疯狂
一个人为另一个被爱和骄傲吞噬

落入尘世的女子，旷野的幽灵
是自然的叛逆，上帝的惩罚

"雕塑的本该是生命，绝非死亡"
笔直的信仰永远通向太阳

这估量错的人生，仿佛
高音之后的低声长叹

上帝的城池

——读《自深深处》致王尔德

墓碑上落满鲜红的唇印

天使飞过的晴空

百合花绽放出一朵花蕾

"不敢说出名字的爱"

怜悯与恐惧，足以花去你的一生

自深深处

荆棘之后无有坦途

悲怆之后无有叹息

被爱拯救的，被爱毁灭的

上帝的城池，盛放着

诗人的想象

玫瑰的花瓣

泥淖中的珍珠

赦免罪

也赦免爱

这黑夜美得让人落泪

——致《霍乱时期的爱情》

只有安静

和杜鹃花瓣一点一点舒展的声音

我就躺在通向"黄金港"的渡船上

削去玫瑰的刺儿

放下几十年的尘土和路过的死亡

放下身躯里满载的脆弱和忧伤

"让时间流逝，

我们会看到它究竟带来了什么"

灯塔和长长的诗篇，一生的秘密

和你少女般的童贞

处子一样的爱情

将黑夜照亮

这黑夜美得让人落泪

不能承受的生命之轻

每个人都是孤独的一半
都在千疮百孔的人世间
寻找同样孤独的另一半
上帝之子和堕落天使
崇高和媚俗，永生和湮灭
通过肉体看见自己
你也仅仅是个囚徒

爱情，就是我们的自由
像是一场已经完成的幻想
一个实现又消失的梦境
一场疯狂的搏斗
灵魂失禁，角色只有自己
非如此不可，不是我的意愿
是不能承受的生命之轻

"面对不朽的东西，
即使死神也无能为力。"

致涅赫柳多夫与马斯洛娃

一个人怎么能成为另一个的诱惑、病因和解药

一个人怎么能成为另一个的罪

一个人怎么能是回忆也是现实

一个人怎么能是障碍同时又是一座桥呢？

西伯利亚的冷空气

和监狱的阴暗潮湿和华丽的腐朽

都不能回答这个问题

酒和情欲和贫穷

都是罪恶

爱情居然显得浅薄

灵魂是上帝的事情

复活是一条艰辛之路

立冬，收到《老六的诗》

我说，我想要一本《老六的诗》
对一个陌生人说话总是觉得害羞
老六说，留个地址即可
也一副害羞的表情
一袭月光下，碰见这个双手作揖的书生

收到《老六的诗》
高兴了一个下午
"站在东山看西山"
站在山西看云南
我抚摸着封面
觉得这纸质粗粝、温暖
能渗出浆来
或者这纸叫东巴纸
或者这诗真是老六的诗

致悦芳

怎么说呢？我轻易就被打动
发鸠山的海水曾经碧波荡漾
一层两层三层四层之高的
庙堂之上，精卫鸟无影无踪
我看见一只鹞子在飞翔
划过彼此有褶皱的心，投下影子
落于满山的嫩绿和金黄

金黄、嫩绿和明亮的
还有脖子上的丝巾
我得重新认识你栽种在心里的
花朵、禾苗、荆棘、杂草
和一支用力长出的箭

桃花粉艳地隐于避风台
被阵阵松涛掩盖
我在人间，隐于诗
你在人间，隐于市

赠 诗

她借里尔克的玫瑰，说出爱与美
永远不灭。心里那颗"明亮的石头"
始终沉默，沉默的全部就是
全部的爱。她说她被审判
有卡夫卡小说般的荒诞
体内有一本难以打开的书
无法读出悲伤，无法抒发喜悦
这是"纯粹的矛盾"，好比用左手
写右手的诗，从指尖哭出眼泪
她是密谋者，制造地震
海啸，和梦境
笔尖的音符永远朝向黑暗
致命的倔强和倨傲背后
她是个孤独的孩子
只向充满秘密的文字妥协

悦芳来过

悦芳来过，站在我的面前
不构成海德格尔无法破解的秘密

"生活在别处"或者"成为任何人"
都不必再谈论了

离这个温暖的身体越远
离这个疼痛的灵魂越近

懂得或者不懂
在没有成为谎言之前都是真的

落入尘世的意义就在于经历苦难亲近悲欢放大喜忧
最后把一切像饮酒一样倒入咽喉

悦芳来过，我似乎是沸腾的水
盛入一只杯子才能渐渐平静

手写一封长信

1

从哪里开始是个问题
每个开始都不可避免地结束
人群熙攘，剩我空空一个
通往世界的路纵横交错
所过之处都设有埋伏
庸俗和孤独之间无路可走
你我之间要穿越众人的拥抱

流浪、烈酒、香烟、音乐
沉默、内省、诗歌和失眠……
众多的不可抗拒之间，你构成一万种悲伤

2

一场宿醉，疑云丛生
森林都伸向天空，枝干快速生长
犀牛奔跑，霜露就要降临在草叶上

黑暗的地方都存在幽灵
太阳的光芒无需照耀

跌宕的灵魂从不禁锢
一条河流通向一朵荷的自由无法阻挡

3

身体里另一个自己近在咫尺
拒绝天真的结果是依然天真
梵高的向日葵那么灿烂
麦田的乌鸦嗅过死亡的味道
星空才是真实的，像个疯子的预言
与上帝对峙的是孤独
与孤独对峙的是信仰、爱
和诗歌

4

骄傲、冷峻、野心、孤独
这些词语像天空一样大而清澈
这些词语要咯血，要淬火
最后趋于平常

这多像诗歌的方式
以决裂来告别
以重生来靠近
以爱来爱

5

没有人屑于写一封情书，过一种慢生活

也将没有人执着于月光在夜空走失

迎面而来的风我知道叫逆风
一个人的狂欢也能够叫作狂欢
一条道走到黑，也是一种结局

无　题

——读《虚掩的门》致悦芳

暖气初来的夜晚，门外
有声音，仿佛风偷偷到来
我停下一切
手，整个身体都冻结
宛如按下暂停键

忧郁的叹息，疲惫的脚步
偶尔的错失，小小的恐惧
我们捕获一切，承受一切

习惯孤独，并俯身于它
预言如剑悬于命运之首
黑夜和白昼交替出现
爱与美坠落人间

"穿过自身才能抵达彼岸"
一条河流所到之处
带着顽石、贝壳、珍珠
渡口有光亮，有人等候
诗歌已埋下伏笔

第三辑　虚设

我要记录下这一段水路

我要记录下这一段水路

水是漓江的水，清澈透明

绿得让人心颤

水草蔓延，缠绕着漓江平静的心跳

鱼鹰不会飞，会凫水，会顺从

会用本能和技巧吞吐清水鱼

竹筏时而平缓，时而被波浪

像小山一样涌起

它承载了我的喜悦

让我在朦胧的水墨画

和天际夕阳的映照下

倏忽而过

渔夫和船工的沉默

是那种低回的沉默

和漓江水的沉默相比

显得多么卑贱和脆弱

眼前铺陈的美

似乎只为他人虚设

春天还未发生

你又不是开始，你又不是结束
你是时间跳动的每一分钟

你又不是焰火，你又不是灯
你是仰望的天空中闪烁的一颗星星

你又不是喧嚣，你又不是孤独
你是浪子，所向披靡，脚步匆匆

你又不是起点，你又不是终点
你是独行的山路上每一片风景

你又不是爱，你又不是非爱
你是掠过嘴唇的一个轻吻

我不顾一切坠落
春天还未发生，一天就过去了

在岸边

此刻，就在此刻
我知道我是贪婪的

我不止一次想冲进大海
被一层又一层的蓝包裹

化身为鱼也未尝不可
深入蓝的最底层，深入大海的心脏

找到珊瑚和礁石
找到肺部的呼吸

大海的咸终究是眼泪的咸
我想替一粒贝壳背负一粒盐

虚度时光

这是可以虚度的下午
房间的门开着　有风穿过
窗外粉红嫩白的桃花李花都在争宠
但愿你和我一样
有着微微的醉意

马路上穿梭的人群那么忙碌
我要用一棵树的姿态
伸展春天的腰肢
泛出广阔的绿

我在明亮的天空
搁置叹息、感激和爱
学会在波澜壮阔的春天和你一样
一身布衣　足下无尽的天涯
怀揣坚韧和不悔
奔赴一场时光的盛宴

我将远行

行李不要太多，一定要
带上双脚和心灵，心灵
能承载的骄傲和卑怯

朝向哪里，哪里就是
终点，也说不定是起点
路遇河流和大海
我要问声您好
路遇高山和雄鹰
我敬畏的心会肃然起敬
如果遇到朝拜的人们
我要献上虔诚，双手接过
转经筒一起默诵
那些福音要降临到每个人
身上，特别是阳光下成长的孩子
和慈祥的父亲母亲

劫持一段时光
成为雨，成为风
成为流浪

最后在离家最近的地方
回答什么是离开
　　什么叫归来

旅　程

这是一列火车开启的旅程
路经开封　杭州　苏州　南京
和一些不知名的小站
我能看到陌生的旅人行色匆匆
我能看到深夜里高悬的月
照亮孤寂的站台

一路向东
大地苍茫渐渐呈现轮廓
我是那个无法平复内心的人
对待预知的旅程
也像对待一次冒险
忐忑而幸福

在黄浦江边

在黄浦江边
我再一次看到奔涌的江水
熙熙攘攘的人流
轮渡鸣响汽笛
带着许多人归来又离开

我愿意是个停下来的人
在狭窄的弄堂和阿婆搭话
在花旗银行粗犷的石头旁伫立
在内心等待另一个我　身着旗袍
穿透一九三零一九四零的迷雾
摇身蜕变

歌　唱

我当然是可以歌唱的
不论长调短调
只是站在马头琴的悠扬里
站在歌声的苍茫里
我觉得我多么浅薄和怠慢
我没有用酒来敬畏
我没有用心来分享
我没有足够远的目光
和足够宽广的胸怀

只是此时　我想我只要伫立在星星点点的
牛羊中融入就可以了
如果再赐我一匹黑骏马　我便可以飞翔

小镇，某个瞬间（组诗）

小镇的模样

原来，当街亭子下促膝相谈的祖孙两个
沿街叫卖的桂花酒和酒酿
溪流边浣洗的妇人
摇橹穿行的船夫
和一切安静伫立的石桥
以及盛大葱茏的香樟和昼夜不息的
流水　才是小镇原本的模样
我能回忆起来的，悠远的
天井，迷离的光
陈旧的木雕散发的古老味道
和厅前一朵紫薇的颤栗
仿佛都在告诉我
固守安宁
时光曼妙

小　巷

就这样好了
不要表白
不要急于表达

从巷子的一头深入
直指时光的内心
看清楚楚辞、汉赋
看清楚留白、批红
看清楚炒茶人手上的清香
看清楚老阿婆脸上的风霜

我啊，怀着怎样一颗谦卑的心
在巷子里穿梭一次
又穿梭一次
眼睛反复了一次
又遗忘一次
遗忘了一次
又内省了一次

光

越过马头墙的光　　锐利
无法温柔
墙头的杂草，碎石的小街
和流淌的小河
与我无法洞穿的窗一样
千折百回　　风雨飘摇

我喜爱墙壁上斑驳的
岁月的痕迹
与光呼应　　明艳动人

尽显沧桑

那些光
照着古人
照着今人
照着落入凡尘的
喧嚣与寂寞

一朵荷

不得不说
在一朵荷前我做了一回白日梦
我无法言说它的丰腴饱满或者
瘦弱伶仃
我无法言说一只蜻蜓立于心头
那刻的骚动和欢喜
我无法刻画你惊鸿一样的
眼神　穿堂而过
一下子击中我的胸膛
四周瞬间就失却了颜色

女儿红

只饮一口
舌尖和牙齿的颤栗
是我整个身体的颤栗

就像邂逅爱情一样

都是我的

手触摸墙壁粗粝的感觉是我的
走过小桥晕眩的一下子是我的
南湖边垂柳倒映的波光是我的
月沼里白鹅婀娜的身姿是我的
目光里的澄蓝和洁白是我的
片刻想留下来的冲动是我的
瞬间萌发的爱也是我的

落日正在下坠

落日巨大，那轮红是水红、酒红
绯红、血红……之外的红

照耀已经说得有些骄傲
铺展似乎更贴近真相

炊烟宁静，河塘静默
几枝待放的桃花正赶上春的好时光

我正在登高，穿过喧闹
穿过待月的山门，孤独的信仰

我必须一步赶着一步，心脏剧烈
跳动，意志在身体里紧缩

前方是一座古塔，挂满风铃
黑夜降临时，铃声将高过山头

落日正在下坠，马不停蹄地年老
谁悲伤谁就接近死亡

西藏行（十首）

从拉萨到林芝的路上

拉萨到林芝的路上
一时雨一时晴，天上有彩虹
车子从彩虹下穿过
尼洋河水流淌，牛羊静谧

我把眼神留给你

河流上无有顺流而下的船只
清澈可见蓝天白云
和整个宇宙

远山越来越黑
幽深得让人害怕
我紧紧地捂住心跳
觉得一滴泪就能打碎这绵延的宁静

在八角街游荡

我目睹那些转经的人们
在心中扯起风马旗
把今生的愿望放置来世
年幼的孩子随从队伍
五体投地　三步一叩
额头和膝下有温度

我在八角街游荡
八旬的老阿妈只手掩面
阻挡我注视的目光
玛吉阿米不是情人，是未嫁娘
是街头的咖啡馆
像个写满情歌的天堂

我要阻止自己爱上，那个男人
头上的英雄结，腰间的红腰带
黝黑的脸庞上浅浅的笑
转经筒里无法破译的万种经文和幸福

我揣测过那个女人的命运

那个女人是村长的女儿
腰带上镶满绿松石、红珊瑚
纯金白银
盛装出席，站在村头迎接远道的客人

腰缠万贯的女儿也要早起
打制酥油茶，酿造青稞酒
马年转山，羊年转湖
敬奉祖先和神灵

我揣测过那个女人的命运
眼神越来越像擦身而过的
背着马奶桶的老阿妈
背上写着忙碌、辛勤、衰老
和死亡

纳木错

那些说纳木错圣湖是女子的人
都是愚蠢的，它无关性别
我在那辽阔的蓝面前
想到空，想到大
想到一无所有，想到应有尽有

我不如被湖水拍打的沙砾镇定和冷静
我就像突然遇到心上人的女子一样
我想把自己交付于它
从此隐姓埋名

风过米拉山口

五千零一十三米的高度
让人心慌气喘嘴唇发紫

我有些晕眩

抬手可以触摸的是天空
和凌厉的风
又一次提到的经幡壮大得无边无际
巨石上写满神秘符号

佛在遥远的山那边
渡我的人在自渡

风过米拉山口，我被引向彼岸
不要救赎我

珞巴族的男人们

珞巴族的男人们
收起了弓箭、长刀、短刀
长刀所向的黑熊和豺狼也隐藏了

珞巴族的男人们
驾飞车，讲笑话，讨价还价
还保存着紧拽缰绳鼓起的脉络

森林和河流为之所有
草原上大片的牦牛和羊群为之所有
木屋里的妻子和孩子听风沐雨唱牧歌

珞巴族的男人们血液里的秘密
挂在墙上，好比在说
青山常在，绿水长流

南迦巴瓦雪山

直刺云天的长矛？有人会想到
男子、英雄、狩猎、凯旋
我想到温柔，温柔如水

在金子一样的阳光下，亘古的冰雪
张开怀春的心，从几千米的高度坠落
找寻、奔流
急急而来

比起那些对高的赞美
我更爱雪山脚下
静静的千万种小溪和河流

雅鲁藏布江

在雅鲁藏布江，我没看到什么
那些长度、广度以及深度
都被我抛弃了
途中相遇的南迦巴瓦雪山
像个害羞的孩子
在众人的等待中遮掩起来
我忽然看到奔涌的江水边

青一块黄一块红一块的田地
和生长的袅袅炊烟
风马旗在蓝天下孤独地祈福
尼洋河自顾自地汇入雅鲁藏布
有人在说
清者自清，浊者自浊

央　金

央金未婚，穿藏服，藏服里藏有一条银腰带
银腰带不可轻易示人
成年后家门外搭起白帐篷
白帐篷里要来勇猛的男人
央金怎么过初夜不可细说
在腹中结出果实，就是好女子

央金讲这些的时候
面带微笑，面色绯红
小手不断地抚摸腹部
俨然已经有一头小鹿撞入了格桑花丛

羊卓雍错

羊湖像条带子，缠绕着盘旋着
就让你心动了
翡翠一样的色彩，玉石一样湿润的肌肤
贴在脸上软绵绵的梦呓

爱她，远离她

即使你怀揣一颗惊慌、爱慕的心
也不要轻易拿出来

去亚丁

去亚丁要盘山而上，没有捷径
转过几座山转过多少弯无法计数
我是晕眩的。任由绿色扩张成海洋
阳光炙热，云彩萦绕
我靠着车窗看着雪山若隐若现
我看见神的眼帘垂下来
我的眼泪就往下流
把空荡荡的心一下一下填满
然后，溢出来

俄罗斯记忆

为了掩饰流泪

光线透过喀山圣母教堂的穹顶撒下来
我确定那是神的光芒
那些亲吻圣母像的人们
肃穆、深情、虔诚
我不知道他们在说些什么
祈祷或者忏悔
当光芒抚摸过他们的头顶
一道光也穿过我的胸膛
当清澈的颂歌响起
为了掩饰流泪
我默诵"哈里路亚"
觉得上帝会赐予我们一切

深夜两点半，站在涅瓦河的大桥上

深夜两点半，站在涅瓦河的大桥上
桥身立起，仿佛世界已到尽头
守桥人在换岗，一个人出现，另一个消失
桥下轮船拖着浪花缓慢驶过

遇见空气中烤面包的香气就深呼吸
那对拥抱的恋人多像桥上的雕像
亲吻也空气一样甜蜜
碰到独坐桥头的醉汉就悄悄路过
伏特加的酒香会蛊惑人心

你就做一个行吟诗人
在夜色笼罩时，黎明蓬勃时
点燃一支烟蒂，牵手另一个沉醉的人
伫立，放空
对于美，从不歌颂
对于梦和明天，也从不放弃

阿尔巴特大街

一只鸽子发出咕咕的叫声
一分钟有六十秒的呼吸
一把小提琴忽然之间拉响悠扬的乐曲
一群鸽子聚集，慵懒是它们的使命

长凳上那些失意的少年
仰望天空，天空散发着灼热的温度
不远处头上插花兀自歌唱的女子
在高大的建筑物下那么单薄

梵高和莫奈都被描摹
普希金被诗歌传播

我远离众人
被黑色雕塑的阴影紧紧包裹

新圣女公墓

我以为这里离死亡很近
死亡的气息会扑面而来
墓碑被鲜花簇拥
静的事物都暗流涌动
独白，那么孤单
石头被点化，人心明灭

静静来拜谒的人
应该是为了寻找安慰
不要发出声音
不要轻易说出感动
对于死去的亡灵
心要静，要有诚意

在玄中寺

玉兰花盛开，牡丹已被季节忽略
溪流有另外一种抵达
花楸树和鸽子互为写意
山谷由蝉鸣填满
这里没有你要的江山
指点江山的人隐于远方和无垠
晨钟暮鼓次第响起
"远离颠倒梦想，究竟涅槃"
每一个登高的台阶
和每一个即将到来的明天
都是不期而遇

在玄中寺，参破玄机的人，不限于我
我不露声色，是因为
那些疲惫的颜色，犹豫的天空
在秋天将被一一改过

相 遇

如果你没有登上山顶
流汗或者晕眩
你不能说你与一座山相遇

如果你没有看到画家端坐悬崖边作画
孤独地像辽阔的蓝中的一颗星辰
你不能说你与美相遇

如果你没有听到诗人的吟唱
诗句飞上天空或植入泥土
你不能说你与诗歌相遇

如果我没有瞬间的感动
前仆后继的理想
我不能说我正与你相遇

柳林的夜晚

鸟儿鸣唱的时候，蛐蛐儿应和
黄土塬裸露，迎接露水和秋风

马牙枣在夜晚受孕，膨胀，开裂
不知道哪首诗将在黎明诞生

两个人互为闪电，陨石坠落
夜色和你，削弱了我

行 船

渡船上有风，三交被风推远
船舷外是浊浪滔天的大河
大河不见全部，泥沙俱下

船夫在唱"天下黄河九十九道弯"
脸上皱纹很深，看上去泾渭分明
纬线是黄土黄，经线是黄河长

诗人都不说话
脚趾和诗歌都赤裸着
踏在黄河的浪头上

（注：三交，山西柳林县三交镇）

一件未曾发生的事

就好比要在落雨的清晨
找到蜗牛爬行的自由

就好比要在月亮出没的天空
嗅见情人的暗语

就好比要在一个沙弥的经文里
找到歌颂爱情的影子

就好比要在堕落的诗人散落的纸张里
寻觅关于信仰的话题

一件未曾发生的事，也好比
一个春天落幕的故事
有着预言一样的结局

愚人节

一座城堡长满青苔
金杖执掌在你手上
一个人，成为孤独
时间是则寓言

开启悬而未决的秘密，未必可怕
潘多拉的盒子一旦打开
罪与原罪纷纷坠落
你什么也不想要
这个说法略显可疑

更深的天空之外阡陌纵横
成为诗人，就不能成为别的
和成为你，就不能成为别的
是一样的
因此，我想念你

在明净的天空下

在明净的天空下
想到一个人的诞生
携带着终生的秘密

秘密秘而不宣
隐喻 晦涩 孤独
仿佛想说什么又说不出来

咖啡、玫瑰和爱情
似乎都是城市的产物
和播种与受孕与成长比起来
浅显又浅薄

在明净的天空下
一切都被掩盖
不知道落叶的行踪
不知道候鸟的诡异

死亡也是一种秘密

在阳光下想起

在阳光下

想起昨夜梦里金戈铁马

想起那些惊悚的马匹

被闪电击中，日行万里

成群的候鸟落在芦苇纵横的湖泊

孤独的雁阵泣血而歌

遥远的雪山下埋藏着骨骼

和凝固的血液

仿佛一部圣经，浩大，纯洁

我就做那个屹立在旷野里的

蒙昧的孩子

用眼睛点亮星辰

用自由俘虏大地

旭　日

黎明从梦中醒来
鹤舞长空，飞翔是一种独白
光芒仍可直视，仿佛
尚未修饰的人心

沼泽地谜一样柔软
深不见底，如命运一般
不可预测。正在发生的和将要发生的
终将大白于天下

阳光普照如果是众生所有
什么才是众生所缺？

和飞翔一样

体内一条奔涌的河流
无处抵达，无处靠岸
春天就要来了
谁写下美
和那些近乎奢侈的幸福
馈赠给街头悲伤的老人
和无处可去的流浪汉

我面前稚气的孩童
传递着不加修饰的爱
和小小的担忧
流浪狗有没有母亲
盒子里的蜜蜂要放飞到哪里
饲养的小鸡埋于哪个荒冢

无法践行的爱，此时只是一个伪命题

某种可能

一阵风吹过，万物都萌发一点
常常走过的街道路人更迭

一个飘浮于世的老人和门前伐掉的树一样
来不及叹息就消失于无形

时刻警惕暴风雨会带来灾难
对每个拐角处总会有奇迹诞生保持怀疑

放弃了自己内心千军万马的奔涌和指尖上溜走的缠绵
不承认抚摸一个人的脸庞和抚摸自己的内心都会颤栗

当知觉灵魂成为某种可能
就丢掉烟蒂，让恐惧坠落

在大昭寺广场

我跟随转经的人们穿小巷

抵达大昭寺广场

碰见磕了十天长头的云南女孩

碰见磕了九万个长头的浙江男孩

碰见衣衫褴褛额头结痂的藏族男女

碰见清明的夏日、急促的雨天

碰见了散发紫光的坛城和寂静的佛塔

我只是坐在广场的青石板地上

就觉得心无挂碍

拥有一片几万里浩渺的平静

在布达拉宫

在布达拉宫我还是不敢开口说话
只怕一张口，缘起
　再一张口，缘灭

穿越可可西里无人区

可可西里有数不清的雪山湖泊就够了
有广袤无边的草地就够了
有藏羚羊、野驴、野马
和在风中瑟瑟发抖的野花就够了
可可西里有日月星辰的照耀
和呼啸着穿梭而过的风
以及亘古的传说就够了

经过可可西里的人都是贸然的闯入者
背后都抵着一把上了子弹的枪

葬 礼

被泥石流掩埋的村庄
被暴雨洗劫的城市
被烈火吞噬的孩子
被歹徒绑架的少女
之后的一切，都让我想到葬礼
葬礼上被碾压的空气
静静地，一声不响地垂下来
眼泪是静默的
浩大的悲伤也是静默的
只有大地能承接住这一切
或者，大地也不能

黄昏即使来临

黄昏即使来临，还有整个黑夜
躺在大地的墓床上

船行海上，马放山林
除了星星坠落的声音，还有

万物交媾的声音，不时传来
爱是占有……

左边的肋下有些疼痛
我一直觉得这里会长出，另一个我

这些美都是暂时的

树木有序，被不断修剪
街道整洁干净
电影院在一遍一遍上演
爱情和穿越
——这太平盛世

我坐在阳台上吹风喝茶
和千万个头顶烈日奔忙的人
和空怀万古清愁的人
可能是一样的
——也会令人失望

我在等台风的到来
我在等内心的风暴
我在等破坏和摧毁
我到底在等什么呢
明知道这些美在台风来之前
——都是暂时的

在观澜湖看云

在观澜湖看云
背后是十万亩绿地和草坪
热带植物水分那么充足
仿佛从未枯萎过
云层一会儿厚一会儿薄
一会儿浓一会儿淡
一会儿缓慢移动一会儿快速流淌
飞机不停地降落，不知来路
雷达轰鸣，灯塔闪亮
这是叫天涯海角的地方
与另一个天涯海角隔着
一个白昼的时间
隔着一个名字的距离

海南岛上的雨

海南岛上的雨说下就下了
一片云彩过来可能就是一场雨
一阵风过去可能就是一场雨
蛙鸣里有一场雨
在睡梦中也有一场雨
这雨啊，来不来，去不去
人们也不会太在意
雨落在地上又会回到天空
就像你在我生命中穿行

爱的人质

蝉鸣高过楼群
阳光从窗帘的缝隙透进来
在屋顶散落，是金色的
金色的是黎明，我在黎明醒来

金戈铁马离我很远
玫瑰应该在夜里燃烧
燃烧是瞬间的事情
瞬间可以成为永恒

一夜无梦，身边有
爱的余香
我是爱的人质

每个黄昏

每个黄昏，我都会觉得是预留给我的
鸥鸟放下羽翼，停止飞翔
湖水不再荡漾
夕阳铺展开来，斑斓的色彩
将大地覆盖
我被照耀，被拥抱
下个瞬间，我将被黑夜恩宠
落入温柔的圈套

在美面前，我有屏住呼吸的愿望
如果我死了，请用双手在黄昏的心跳里
将我埋葬

无非这样

1

一起时，征服我
分离时，想念我
爱我时，忘了我

就像背后那头来历不明的豹
内心呼啸，目光温柔

2

我可以不睡
因为我还有黑夜
你可以不醒
因为你还有白天

茶几上的灰尘是静止的
如同浮雕

3

什么是我全部的过去？
什么是我全部的现在？

什么是我全部的未来？

谁正值颓废的中年，一声不响？

4

再没有比说出一切的
这个下午，令人悲伤
在影子里我还未全部还原
夏风热烈，其实你无法理解
绿篱下，一只猫的郁郁寡欢

今夜我不说话

今夜，我不说话
我目睹一场劫难正在发生
夕阳跃过山头
风声掠过竹林
满身的伤口被风喊出来
黑暗在一瞬间铺满大地

在一朵花的呼吸之上
在一棵草的俯首之间
飘浮，我没有骨头
我体内积蓄了千万颗露水

今夜我不说话
失去嘴巴的时候
我努力睁大眼睛
明早太阳升起的时候
光明将公之于众

秋木山庄

石阶，宫殿，金水桥
上马石，拴马桩，高门楣
女墙，绣楼，相思树
我迷恋这个传说
就像迷恋自己的身世

秋木山庄
我喜欢这个名字，是因为
它给你一个否极泰来的梦
好比在一块沙石里发现了水晶

太行陉

我不知道古道的尽头在哪里
青石板上曾经驼铃阵阵
马蹄声声，脚步从容
匹夫不逞勇，背上掠过惊鸿一样的梦

我尾随群鸟的声音
找寻关于风过的痕迹
那些可以栖息的枝干
一些似曾熟悉的褶皱

而夕阳落尽
我们习惯把目光
留给空荡荡的山谷
头顶上，高架桥凌空而起
过去和未来已经触手可及

大 雪

大雪之日，天气晴朗
没有雾霾
黑喜鹊从天空飞过
落在树梢，又落在地面
与晒太阳的恋人引颈呼唤
小团圆也是大结局

一夜大风之后，树的叶子还在
看不出霜冻和风暴
我知道独舞的日子终将会来
也许下一秒大雪纷飞
世间如我爱上的幻象

羌塘草原的日出

谁一开始冷静
谁就开始错过

地平线在太阳发出光芒之后向远处延伸
无限大成为一种可能
雪山披上盛装，沉默止于苏醒
河流变得明亮，沉默止于流淌
我这个沉默的人因为内心的沸腾
一句话都说不出

在东山顶上

一棵树想要长出自己的高度
一群树由风呼应

上弦月高悬，一颗星辰就是天空
远方是模糊的轮廓，接近也未必看清

一切多么遥远，静谧得只剩下夜色和空洞
纵横交错的路上，我从来一意孤行

贺兰山

就在云里蔓延

不着边际地沉默

显露的部分刚毅、有棱角

黄河水汹涌地淌过

拍打着它坚实的胸膛

沙漠和绿洲是它眼皮下

两个亲昵的孩子

手拉手走着，就被风沙和太阳灼伤

站在贺兰山脚下

我第一次知道什么叫苍茫

什么配得上孤独

一个人的时候

一个人的时候就去看山
山势起伏，是温柔的曲线
远方是未知，没有尽头
风吹过来，仿佛与你深深拥抱

大多时候能看到磅礴的落日
时间缓慢，大地沉静
有云雾的时候适合想念
静立也是行走

如果遇到风雨就起身快跑
如果正好遇到滑翔的人
就随着一起飞，一起飞
瞬间觉得诸事皆可原谅
黄昏变得不那么忧伤

镜 像

电脑没有开启之前，它是一面镜子
照见我，围围脖的我
此时我能看见背后被忽略的一切
日常浸没我的一切
一扇门，一张条幅
和一堵墙都是相反的存在

镜子里的我端坐着，目睹自己
走向未知，无限延伸
也无限缩短
窗外一切都走向春天
我看见我，正在走向我

咖　啡

她该醒来了，在光的移动中
窗外有什么都好
清风徐来，草木安详
她是曾经沉浸在过去的人
过去都应该攥在掌心
展开就是生命的纹理
生命被烘焙过
会有焦糖的味道
而此刻，她该醒来了
第一口品尝到的
应该是吻的味道……

我这里没有天空

站在山巅、栈桥
或者海边
都会被夕阳包裹
热烈到毫无保留
温柔到全部交付

黑夜会来得缓慢
缓慢是一种气势
铺洒、荡漾、停留、收敛
就像不知不觉进入一场爱情

她指给我这样的黄昏
然后她说：你那里没有天空

在圪台山

1

在圪台山上
满目皆青山，起伏跌宕
惆怅，如我

2

玉米地有风吹过
齐刷刷地摇晃，月亮隐遁
云朵是帮凶

3

享受过日出和云海的人
内心充盈，重新解构
盛大与缥缈

4

草丛里有人
他们低头埋首
在捡拾语言的露珠

5

关于圪台山的月亮
诞生了　些词语
潜伏在诗人唇上

6

她说，快看，星星在眨眼
坐在院子里乘凉的人
和宇宙心有灵犀

7

蚊子狂舞
腿上叮了二十个包
结局是开放式，有悬念

8

米淇、馒头、黄瓜菜
再就一点猪头肉
简直就是生活的标配

9

在韩家庄采摘桃子
使我俯下身子
再次认清生活

10

玉露香居然是梨的名字
更应该是女人的样子
指间的空杯正被月光续满

11

师者在讲节奏，美感，洞见
山野之上，空无一人，发生爱情
便是虚构

12

一灯如豆
停电既成事实
风声加紧

13

来者，安之若泰
窑洞里传出笑声
给山峦留下寂静

14

山居秋暝，我不是唯一的旅人
笔墨纸张有人递上
不要空着肚子诉说梦境

九 问

1. 我

我始终在诋毁我

成为一个陌生人
成为一个叛逆者
是不是可以终结我的时代呢？

2. 让路

鸟儿会为黄昏让路
蜗牛和蚂蚁会为脚步让路
风为季节让路
爱为吻让路
语言会为沉默让路

子弹是否会为天使和儿童让路？

3. 胖子

嗨，你这个胖子，胖到流油
做叉烧饭一定好吃
"我在词语里诞生"

修辞也刚刚好

这个胖子体内的悲伤
和春天来临了依然瘦弱的灵魂
拿什么来喂养呢？

4. 长寿

道别的话，居然变成了要长寿
八十、九十或者多少岁才是长寿呢？
活着如此艰难，又如此美好

在没有遇到你之前
在没有看见更加炽热的黄昏之前
活到死算不算长寿呢？

5. 一个人的时候

一个人的时候，可以发呆
窗外的亮光变成灰暗
盆花失去了颜色
躺椅失去了颜色
地毯失去了颜色
鸟鸣也失去了颜色
雨滴却渐渐绮丽起来

是时间在流动
可是，我的梦呢？会终结吗？

6. 分别的时候

分别的时候
就是无话可说的时候
就是非分开不可的时候
就是笑着说再见的时候
茶点、咖啡、建筑物忽然冷却
和时间一起

脚步声响起
春天拒绝说出肯定的词语
"远方的船只，没有码头。"

7. 失眠

"此刻海洋深邃，而你爱我"
是毕肖普的失眠，不是我的

我焦虑一棵刚移栽的花
能否成活，和担心失业者是否
能在春天找到工作，是一样的
无用且多余

睡觉前，把门栓锁上
月亮可以透过窗棂照耀在你洁白的床单上
一切安好如初，福音
会如期降临吧？

8. 微雨倾城

那里有俊美的山，有庞大的水域
庞大的水域生长鱼类、水草和沙砾
太阳高悬之后，微雨倾城
小小的院落春水荡漾
雨滴落在金银花和牛油果的叶片上
而我，手心里正捧着晶莹的露珠

露珠清凉，沿着手心里的纹路漫延
这种痒的感觉
需要反复确认吗？

9. 燃烧

在灵魂与肉体之间
有可以穿越的通道
用阳光抚摸
用露水滋润
用唇唤醒
一页一页花瓣在黑夜全部打开

美人迟暮，英雄末路
我在岌岌可危的年纪
兀自燃烧
前面等待我的
不是孤独的墓床吗？在诗歌里

在诗歌里

（后 记）

1

心里有旷日持久的黑暗，诗歌是光明。

2

你永远不知道什么会在瞬间发生，鸟儿飞起又落下，树枝摇晃又静止，太阳明灭，人从出生到死亡，所有一切都直指宇宙的中心。

人们并不在意这些，只有诗人能捕捉得到。

3

很多时候，觉得自己会迷恋某一类事物，比如火车。火车成为一种象征，是因为它缓慢又迅捷，真实又虚幻，庞大又琐碎，总把人带向远方，而远方似乎意味着自由。火车带给我的迷失，就是诗歌带给我的迷失。

4

我在镜子里看到的我是存在的，镜子能清晰地照见自己的样子、衣着、举止，但，内心呢？可是凝视它一会儿，你会觉得另一个我正由远及近走向我。这似乎是种潜意识，也是诗人的秘密。

有一次我看到一只、两只或者更多只流浪猫在我散步必经的垃圾桶里寻找食物，当我和它们面对面碰撞到时，猫四散而逃，我成为一座孤岛，我不是敌人。这仿佛诗歌里的冲突，那种警觉会偶尔看到。

5

一个诗人要保持对生命的敏感度，可以直面光明，可以直视黑暗，并饱受思考之煎熬，诗歌就是生命的流淌，是小我，是宇宙。诗人的思维不是一个平面的，是好几维的，跳跃感由此产生，但是这个跳跃又不违背逻辑，有关联，令人产生新的意想不到的结果。

6

快下班的时候读了南京作家黎戈的两篇随笔，一篇是说《诗经》里"兴来赋去的都是植物，那种幸福和安详，让我们隔着几千年，也觉得亲切"；一篇是说《诗经》里的那种安然——"涉江而过，芙蓉千朵，诗也简单，心也简单"，转而又说"草木人心，枯荣自守。静言思之，不能奋飞"。一下子让我觉得诗歌里那种不动声色的、平静、日常的叙述下面，暗流涌动。也许我们和大自然、和人类达成和解，就能找到出口。

7

根植于诗人内心的，是对人世的一切的敏锐的嗅觉，春生夏长，秋收冬藏，月圆月缺，爱恨离别，是悲悯情怀，是对生命的体验，是从小的事物当中去发现更加广阔的命运，俯仰之间，便是远方。

8

有时候，我并不能找到一些词语来表达日常生活，"早晨傍晚、饮食男女、酒精、摇滚、疯狂、灵魂……"每一个词语都是表象，它们的解构、连结、互换、碰撞才能产生更大的秘密。

诗人离开自己生活的那个角落或者我们游离我们固守的那个精神家园，我们在行走的过程中遇到磨难、挫折或者发现了令人惊异的新大陆，我们的灵魂和诗歌的翅膀找到了另一个着陆点，新的词语和想象可能出现，诗歌可能诞生，但显而易见，这不是必然的。

9

诗是呈现，人是潜伏的河流。任何情绪都能借助语境入诗，诗歌就会有相应的底色，高明之处，应该是这样的底色上可以跳出别的东西来。被这个时代裹挟，很多可能和不可能都会诞生，但没有永远这回事儿。

因为我一无所知，所以我试图多爱一些，怀抱巨大的热情，虽然知道在黑夜里，诗人总是孤独的那一个，黯淡又羞涩。

10

诗人之所以是诗人，是雨正好落在了他的眼里，诗句的诞生一定是来自偶然。

11

他们不选择上帝，也不选择魔鬼，而是选择了诗歌，诗歌也正好选择了他们，诗歌这个时候就恢复了它本来的样子——回到人群。

以前有人问过我什么是诗歌，我回答说，诗歌就是生活。诗歌一定是来自于生命，一定是出于对诗人个体和整个时代的关照，它才深邃、宏大。

12

"我们注定属于彼此。"这应该用来形容诗歌与诗人的关系。诗句的发生是偶然的，一个诗人应该持有对诗歌最纯粹的感情，自觉地尽最大的可能去完成它，把它呈现出来，把那些被雾霾吞噬的字句复活，把分行的思想根植于大地。

我对人生和世界持悲观态度，但是此刻我想：我终将会在诗歌里安放自己。

2018 年 5 月

.